CONDITIONS DE LA VENTE

Elle sera faite au comptant.

Les acquéreurs paieront CINQ CENTIMES PAR FRANC, en sus des adjudications.

Aucune réclamation ne sera admise une fois l'adjudication prononcée.

MAULDE, DOUMENC et Cⁱᵉ, imp. de la Cⁱᵉ des Commissaires-Priseurs, rue de Rivoli, 144.   400—59384

CATALOGUE

DE

TABLEAUX MODERNES

AQUARELLES ET DESSINS

BON MOBILIER

Ameublement de Salons
Galerie, Chambres à coucher, Salle à manger
et Cabinet de toilette
en bambou et laque, bambou et natte, bois noir, chêne,
pitchpin, etc.

TAPIS, RIDEAUX, LITERIE

BRONZES D'ART ET D'AMEUBLEMENT

Objets de curiosité, Livres
Argenterie, Argenture, Porcelaines, Faïence, Verrerie
Batterie de cuisine, Linge, etc.

DONT LA VENTE AURA LIEU

Après décès de M. ***

HOTEL DROUOT, SALLE N° 5

Les Vendredi 12 et Samedi 13 Juin 1896

A DEUX HEURES

COMMISSAIRE-PRISEUR

Mᵉ G. DUCHESNE, rue de Hanovre, 6

Assisté, pour les Tableaux, de **M. G. SORTAIS**, Peintre-Expert
rue Mogador, 4

CHEZ LESQUELS SE TROUVE LE CATALOGUE

EXPOSITION PUBLIQUE

Le Jeudi 11 Juin 1896, de 1 heure 1/2 à 5 heures 1/2

IMPRIMERIE MAULDE et RENOU

MAULDE, DOUMENC & Cⁱᵉ
IMPRIMEURS DE LA COMPAGNIE DES COMMISSAIRES-PRISEURS
Rue de Rivoli, 144

SUPPLÉMENT AU CATALOGUE
De la Vente après décès de M. ***

QUI AURA LIEU

HOTEL DROUOT — SALLE N° 5
Le Vendredi 12 Juin 1896, à 2 heures

Me G. DUCHESNE, COMMISSAIRE-PRISEUR
Rue de Hanovre, 6

M. G. SORTAIS, Peintre-Expert, rue Mogador, 4

EXPOSITION PUBLIQUE
Le Jeudi 11 Juin 1896, de 1 heure 1/2 à 5 heures 1/2

Désignation

TURNER (J.-M.-W.)

Le Soleil devant Venise.

Toile : H. 0ᵐ 35 1/2 ; L. 0ᵐ 51.

Signé au bas à gauche.

Au dos du tableau se trouvent un cachet de cire et
l'inscription imprimée :

J.-M.-W. TURNER R. A.

*A Sketch of the Sun of Venice. — From this Sketch
Turner painted his large picture now in the National
Gallery.*

59384 — Imp. MAULDE, DOUMENC et Cie, rue de Rivoli, 144. Paris

DÉSIGNATION

TABLEAUX

—

1 — **D'Ancona.** Passe-temps de jolie femme.

2 — **D'Ancona.** La Lecture.

3 — **Baraband** (1798). Faisan doré et Perroquets (bois), signé et daté au bas à droite.

4 — **Beguin.** Carnaval à Nice.

5 — **Bouchardy.** Le Souper de Pierrot.

6-7 — **Boucher** (D'après). Deux Femmes couchées. Deux pendants.

8 — **Brunet-Houard.** Vision printanière.

9 — **Caille.** Supplique à la lune.

10 — **Chaplin** (D'après). Avant et après le bain. Deux pendants.

11 — **Charlier.** Diane et ses compagnes. Miniature.

12 — **Chataud** (A.). Femmes arabes descendant une ruelle.

13 — **Chataud** (A.). Une Rue à Alger.

14 — **Coessin.** Femme de harem jouant de la gandourah.

15 — **Coessin.** Le Nourrisson.

16 — **Costa.** L'Ane bâté.

17 — **Costa.** Vache à l'étable.

18 — **Couder.** Lapin pendu par la patte.

19 — **Couder.** Faisans et Perdrix.

20-21 — **Couder.** Fruits et Poissons. Deux pendants.

22 — **Desandré.** La Repasseuse. Gouache.

23 — **Dupain.** Le Chasseur entreprenant.

24 — **Dupain.** Le Retour. Pendant du précédent.

25 — **Egusquiza.** La Sérénade.

26 — **Falero.** Porteuse d'eau égyptienne.

27 — **Falero.** Femme à l'oiseau-mouche.

28 — **Galibert.** L'Entrecôtes.

29 — **Galibert.** La Côtelette.

30 — **Galibert.** Le Coq.

31 — **Galibert.** Le Chapon.

32 — **Galibert.** Le Canard.

33 — **Galibert.** Poulet et Fruits.

34 — **Galibert.** Homard et Huîtres.

35 — **Gerbault.** Le Corset. Dessin à la sépia.

36 — **Gerbault.** Pierrette noire. Aquarelle.

37 — **Hesse** (Auguste). 1861. Femme nue couchée dans un lit.

38 — **Humbert** (F.). Femmes au harem.

39 — **Jacque** (Charles). Le Truffier. Daté 1851. Signé à droite. Bois. H. 0^m,18 ; L. 0^m,24.

40 — **Jacque** (Charles). Poules au soleil. Bois. H. 0^m,28 ; L. 0^m,21. Signé en bas à gauche.

41 — **Jacque** (Charles). La Forge. Toile. H. 0^m,41 ; L. 0^m,33. Signé en bas à gauche.

42 — **Jacque** (Charles). Cheval à l'abreuvoir, à la porte d'une ferme. Bois. H. 0^m,32 ; L. 0^m,23. Signé à gauche au bas.

43 — **Jacque** (Charles). Moutons dans la bergerie. Dessin au crayon noir, rehaussé de gouache.

44 — **Jacque** (Charles). Porcs se désaltérant à une mare. Dessin au crayon noir.

45 — **Jacque** (Charles). Moutons et Poules dans un verger. Bois. H. 0^m,34 ; L. 0^m,47. Signé à droite.

46 — **Jadin** fils. Femmes circassiennes à la porte d'une mosquée. Daté 1873.

47 — **Landelle** (Charles). L'Esclave avant le bain.

48 — **Lefèvre**. Le Sommeil.

49 — **Leloir** (Louis). Le Reître. Aquarelle.

50 — **Leloir** (Louis). Spadassin. Aquarelle.

51 — **Linder**. A Hyde Park.

52 — **Linder** (P.). La Broderie. Aquarelle.

53 — **Linder**. Femmes couchées. Deux pendants.

54 — **Linder**. La Cigarette.

55 — **Linder**. Le Vieillard empressé. Gouache.

56 — **Linder**. 3 Aquarelles. Sous un même verre.

57 — **Linder**. Le Retour de la Campagne. Dessin à la gouache.

58 — **Linder**. La Servante Maîtresse. Dessin à la gouache.

59 — **Lottier**. Vue du Caire.

60 — **C.-L.** La Femme au perroquet.

61 — **Maresca**. Femme aux fleurs.

62 — **Madrazo** (R. de). Espagnole au châle rouge.

63 — **Mathieu** (Auguste). Vue de Saint-Eustache.

64-65 — **Mochi**. Femme au lion et Femme au petit chien. Deux pendants.

66 — **Montzaigle**. Chez la couturière. Gouache.

67 — **Montzaigle**. Au Restaurant. Gouache.

68 — **Ortego**. Souper de Carnaval.

69 — **Ortego**. A Valentino.

70 — **Ortego**. La Tireuse de cartes.

71 — **Ortego**. Un Écrivain public.

72 — **Ortego**. Course de taureaux.

73 — **Ortego**. La Fripière.

74 — **Ortego**. Au Balcon.

75 — **Ortego**. Danseuse espagnole.

76 — **Ortego**. La Pluie.

77 — **Ortego**. L'Étudiant.

78 — **Pelez** (Fernand). Vue de Venise. Daté 1871.

79 — **Rousseau** (Philippe). Coq et Poules.

80 — **Stanier**. La Piscine à Grenade. Aquarelle.

81 et 82 — **Tourny** (Ernestine). Têtes de Madrilènes. Trois tableaux.

83 — **Trachet**. Procession sortant d'une église au bord de la mer. Gouache.

84 — **Van Marcke**. Bestiaux à l'abreuvoir. Toile : H. 0^{m}35 ; L. 0^{m}27.

85 — **Voillemot.** Nymphe et Amour.

86 — **Walker.** Arabe monté sur un cheval noir.

87 — **École française.** Portrait de Femme au manchon.

88 — Sous ce numéro seront vendus divers Tableaux et Dessins.

MOBILIER

Deux Ameublements de salons en bambou et laque, composés de meubles à hauteur d'appui, à 1, 2, 3, 4 et 5 vantaux, Bureau, Tables, Étagères, Fauteuils et Chaises.

Ameublement de Galerie en bambou, composé de Divan, Table, Chaises.

Trois Ameublements de chambre à coucher en pitchpin.

Un grand Meuble à hauteur d'appui, en pitchpin, ouvrant à 10 tiroirs et 4 vantaux.

Meubles de salle à manger et d'antichambre en chêne.

Beau Buffet en bois noir gravé.

Meubles en bois noir : grandes Vitrines, Chiffon-
nier, Bureau, Liseuse, Table à manger, etc.

Bureau en bambou et marqueterie de bois, Tables
et Sièges divers en bambou et natte.

Sièges divers en reps et autres.

Tabourets à figure de nègre, en bois sculpté,
Torchère à figures de nègre, en bois sculpté
et peint, avec lampe en faïence.

Lits capitonnés, Literie de maître.

Rideaux en reps, Étoffes orientales, cretonne,
Tapis de table, Tapis en moquette, Carpettes
d'Orient, Tapis en fourrure.

Bronzes : Statuette de Diane, d'après FALGUIÈRE.

Pendule Louis XVI, en bronze doré, de BERTHOUD.

Pendules, Suspension, Lampes, Flambeaux,
Chenets, Garnitures de bureau.

Objets d'art et de Curiosité : Narghilés, Verres
émaillés, collection de Pipes et Porte-Cigares,
Ivoires, Grès de Chine, Bronze du Japon,
Émaux Chinois, Armes, etc.

Livres : Environ 200 Volumes français et anglais,
Ouvrages illustrés.

Argenterie : Porte-Huilier en argent.

Argenture : Service de Couverts et Couteaux en argenture anglaise, Services à thé, Salières, porte-pickles, etc., en métal argenté.

Services de table en porcelaine, faïence, verrerie.

Linge de lit, de toilette et d'office.

Batterie de cuisine en cuivre, fer battu, etc.

Meubles de cuisine, Meubles et Literie de chambres de domestiques.

Meubles de jardin, Chèvre, Porte-Harnais, etc.

9 782329 285603